KB099129

개화산에 가는 이유

지혜사랑 249

# 개화산에 가는 이유

홍지헌 외

지혜

# 서문

한국의사시인회가 창립된 지 10주년을 맞아 제 10집을 내게 되니 처음을 돌아보게 합니다.

황금알 출판사에서 한국의사시인회 공동시집 창간호 '닥터 K'를 펴낸 이래로 회장님이 바뀔 때 마다 인연을 새로 맺은 출판사에서 공동시집을 내며 저변을 확대하려고 노력했습니다. 그 결과가 만족스러운가 스스로 물어보았을 때, 중단없이 해마다 공동시집을 펴낸 것은 자랑스럽고 뿌듯하지만, 한편 아쉬운 점이 많이 남아있다는 생각을 금할 길 없습니다.

어려운 여건 속에서도 꾸준히 함께해 주시는 회원들께 감사드리며 다음 회장님께 송구한 마음과 부끄러운 손으로 배턴을 넘깁니다.

2022년 6월
한국의사시인회 회장 홍지헌

차례

• 일러두기

　페이지의 첫줄이 연과 연 사이의 띄어쓰기 줄에 해당할 경우 >로
표시합니다.

유  담

2013년 『문학청춘』 등단
의학과 문학 접경 연구소 소장
시집 『가라앉지 못한 말들』, 『두근거리는 지금』
산문집 『늙음 오디세이아』

## 시인의 말

수십 년 익혀온 재간이라면 앞을 가려도, 멀리 떼어 놓아
도 볼 수 있을 법한데. 눈을 크게 뜨고 안경을 닦는다.

# 중심성 암점

모든 물체 가운데 꺼먼 반점이 번지더니
안과 의사가 망막 한가운데 염증이 저지른 중심성 암점
이라 했다


만성 염증에 걸린 그물에 낚여
물살에 흔들거리는 영상들
오십 년 묵은 시선들
오십 년째 살아 있는 스무 살짜리 해초들


주변을 보고 중심을 알아채는 오십 년 닳은 습성
예를 들면,
흐느적거리는 팔다리를 보고 몸통을 살피고,
잘피숲 은밀히 박동하는 속씨를 짐작하고,
씨방의 속셈을 짚어,
마른 나무처럼 벌린 그녀의 사지에 십자가를 그려 넣는


귀퉁이에 매달려 중심을 움켜쥔 채
해류에 쓸리는 반점의 가장자리에서
한데 헝클어져 흐느적거리는 명암의 교배

# 영상 통화

눈을 크게 뜨고 보란다

눈 부릅떠 쳐다보고 있을 때
화면에서 휙 실바람 한 움큼 불어오며 중얼거리는 말
걸어오는 다리를 본 게 아니라 사람을 보았지
날아가는 새 소리를 본 게 아니고 새를 보았지

더 자세히 보려고 눈을 감는다
뜰수록 안 보이는 살갗에 닿고 싶어 눈을 감는다
더 깊숙이 만져 보려고 눈을 감는다

새의 눈으로 사람을 보고
사람의 눈으로 대화를 보고
대화의 눈으로 또 사람을 보다가

서둘러 눈을 크게 뜬다
감을수록 꿈마저 보일 듯하여

# 겨울 눈썹미

쩡쩡한 바람
거리가 얼고 기척이 성글다

꽁꽁 싸맨 눈과 눈의
갈피에 들어차는 걸
눈썹미라 부르면

감기에 열돋는 썹미
해열제 무게로 눌러놓은 두통이 쿨럭거릴 때마다
멀리 흩날리는 눈발이 더 가깝다

세상만물에 색이 있다니
아, 오늘은
눈썹미가 하얗게 쿨럭댄다

**김호준**

2014년 『시와사상』 등단
현재 대전 을지대학교병원 정신건강의학과 수석전공의

## 시인의 말

올해는 지키고 싶은 마음이 생겼다.
틈새를 좁히고, 반드시
몸을 잔뜩 웅크려야 한다.

## 월유月幽

케케묵은 이들은 쉽게 잊히지 않는다

하얗게 세는 노인처럼

열려 있는 병실 창문

달빛은 방에서 가장 냄새나는 부위를 파고든다

여기가 어디인지 알지 못하는 환자는 이제야 허리를 편다

뼈마디 소리에 뚝뚝 부러져 버리는 수면

자신의 얼굴이 비치는 거울마저 두려운 이유는 무엇인가

쨍그랑 소리에 퍼져가는 조각은 이미 바깥세상

절반은 흩어진 그것을 다시 꺼내 본다

여기 이 할아버지에게는 어디쯤이었을까

기름때 진한 작업복을 입고 아들의 학교 가는 길에서

마침 오늘은 소풍날이었다

아버지와는 등을 지고

어둠을 향해 달려나가는 아들

불쑥불쑥 무대에 오르는 퇴역 배우처럼 그는 손을 허공에 휘젓는다

얇은 눈꺼풀 내려와 불현듯 조용해진다

## 실조失調

돌아가신 어머니의 목소리 들리기 시작했다니
행복해졌다는 그녀
가족들 죄다 떠나간 집에 혼잣말 남았다
벽을 타고 다니며 반짝이는 어머니
보일러 끄고 잠자리를 펴 누웠다
커튼 치고 창문을 걸어 잠갔다
꺼진 불씨 되살리려는 듯 바닥에 웅크리고
촘촘한 거미줄 너머에서 숨죽이고 있다
여기를 어떻게 알고 찾아 왔어요?
궁금함이 더는 오고 가지 않으니 거의 끝났다고 생각했다
전화벨 소리 멀리 지나가다 주저앉는다
누가 계세요?
문을 두드리는 소리가 싫어서 모른 체하고 싶었다
병원 창밖 정원에는 새 한 마리 앉아 햇볕을 오래 쬐고 있다
치료가 끝났다는 의사의 말 때문에 어머니의 목소리 날
아갔다
다시 혼자된 그녀는 등기 소포 들고 초인종 누른다

## 침습侵襲

　반짝거리는 천장은 바이러스 때문이다 사람을 만나지 않는 사람은 바이러스 때문이다 갑자기 우는 고양이는 바이러스 때문이다 멀어질수록 더 빨리 멀어지는 거리는 바이러스 때문이다 성장통을 겪는 몸짓은 바이러스 때문이다 계급은 바이러스 때문이다 쉽게 흔들리는 식탁은 바이러스 때문이다 앙칼진 눈 마주침은 바이러스 때문이다 파티는 바이러스 때문이다 잘 안 되는 연락은 바이러스 때문이다 바람에 터지는 석류는 바이러스 때문이다 그늘에서 소가 쓰러지는 건 바이러스 때문이다 방을 나오지 못하게 채워진 빗장은 바이러스 때문이다 아래로 쏠리는 먼지는 바이러스 때문이다 여름에도 덮는 이불은 바이러스 때문이다 발에 가득 낀 각질은 바이러스 때문이다 천성이 죄인이란 바이러스 때문이다

**홍지헌**

2011년 『문학청춘』으로 등단
시집 『나는 없네』, 『자작나무는 하염없이 하얗게』
현재 서울 강서구 연세이비인후과의원 원장, 한국의사시인회 회장

## 시인의 말

산에서 보는 나무의 모습은 바로 내 모습이다.
늘 나를 물들이고 있는 감정도 결국은 내 모습이다.

# 슬픔은

잠잠하던 슬픔들이 욱신거린다.
너무 건드려 덧났나보다.
그런 면에서 슬픔은
상처의 성질을 지녔다.
고요할 때
슬픔은 아름답게 피고
독특한 향기도 풍긴다.
그럴 때면
슬픔은 꽃에 가깝다.
슬픔의 꽃밭을 거닐며
곱게 피었다가 지기를 간절히 기도하면
기도에 슬픔이 서서히 스며온다.
그런 면에서 슬픔은
액체의 물성을 가졌다.
북받치면 눈물로 쏟아져 나오는 것도
그런 연유다.

# 개화산에 가는 이유

겨울나무를 보러 개화산에 간다.
죽은 듯이 서 있는 나무,
도무지 되살아날 희망이 어디에도 없는 나무,
찬바람에 그저 흔들리며 눈을 감고 있는 나무.

봄 나무를 보러 개화산에 간다.
물이 오르는 나무,
잎눈을 뜨는 나무,
꽃눈이 피는 나무.

여름 나무를 보러 개화산에 간다.
푸르게 푸르게 회복되는 나무,
당당해진 나무,
울창해져 그늘이 서늘한 나무.

가을 나무를 보러 개화산에 간다.
뒤를 돌아보는 나무.
한잎 두잎 붉고 노란 낙엽을 뿌리는 나무,
수북이 쌓인 잎새를 내려다보는 나무.

다시 겨울 나무를 보러 개화산에 간다.
이제 보니

나는 너를 닮았다.
개화산 사계절 나무들이 모두 내 모습이다.

# 그는 누구인가?


늘 내 주변에서 서성이는
'슬픔'을 정면으로 바라보니
겸연쩍은지 고개를 돌린다.

그 옆모습이 '불안'을 닮았다.
가까이 다가가 자세히 보려하니
고개를 더 돌린다.

뒷모습은 '고독'을 닮았다.
그는 누구인가? 혼란스러워 하는 사이
휙 돌아서서 나를 쏘아본다.

처음에 보이던 힘없는 표정과는 너무나 다른
그 모습은 영락없는 '분노'다.
도대체 그는 누구인가?

**한현수**

2012년 『발견』으로 등단
시집 『오래된 말』, 『기다리는 게 버릇이 되었다』, 『그가 들으시니』,
　　『눈물만큼의 이름』
2015년 한국문화예술위원회 창작지원금 수혜
분당 야베스가정의학과 원장

## 시인의 말

꽃으로 말하게 하고
꽃으로 시를 쓰게 하고

시집 속에 내가 산다

# 첨성대

누군가 기도하듯 돌담을 쌓아놓았다
천 번이 넘게 겨울이 다녀가고
외톨이였으나 지금은
별빛 내리던 창문 앞에 휴대폰이 떠다닌다
누군가는 핑크뮬리를
누군가는 억새를 배경으로 삼았다
누구와도 어울리게
둥그런 돌담은 낮은 자세를 취했다
이것은 사실 별들이 한 일이다
밤하늘의 별을 오래 바라보다가
낮은 곳으로 흘러내리는 별빛이 궁금했던 누군가
이내 눈동자에 별이 한 줌 채워지면
스스로 별이 되어버릴까 싶어
돌담 아래로 소원을 묻어두었을 것이다
지진을 견뎌내며 누군가는 별의 노래를 호출했고
누군가는 별을 따라 전쟁에 나갔다
벚꽃철이 오면 누군가
사랑을 하고 이별도 했을 것이다
이제 이름도 없이 누군가의 꽃처럼
어디쯤 가만히 있기만 해도
별의 이야기를 들을 수 있게 되었다

## 적는다

보고 싶다고 말하지 않고

안녕,
적는다

당신의 이름처럼 적는다

풀꽃 작은 둥지에
흰 서리 같은 시간이 내려앉는다고

말하듯 안녕,

당신의 빈 자리에
적는다

# 침묵


꽃은 아무 말이 없는데
눈부시게 빛이 흘러나옵니다

꽃은 아무 말이 없는데
애틋하게 향기가 흘러나옵니다

가만히 있는 그 자리마다
기다리는 시간이 쌓여갑니다

그 자리에
누군가의 마음이 모여지면
꽃은 꽃 밖으로 나갑니다

가만히 있으니 보입니다
꽃잎 하나의 자유로움과
꽃잎 하나의 눈물과

김기준

2016년 『월간시』로 등단
시집 『착하고 아름다운』, 『사람과 사물에 대한 예의』
수중 시집 및 수필집 『그 바닷속 고래상어는 어디로 갔을까』

## 시인의 말

우리 모두는 지상에 잠시 머무는 시한부 인생. 사랑할 날들이 얼마나 남아 있을까요? 오늘 저녁 장미꽃 한 다발 준비하여, 아내의 품에 안기려 합니다. 그리고 말하려구요. 내 모든 것을 다하여, 진심으로 사랑한다고.

# 새들에게 배우다

억수 장대비 속을 한 마리 두 마리 부비들이 상승기류를 타고 하늘로 날아올랐습니다 바보들인가 무슨 까닭으로 저리들 할까 한 시간쯤 지나서 멀리 수평선에서 한 무리의 새 떼들이 보이기 시작합니다 그들은 섬 위에서 만나 반가움의 춤을 추고 서로를 어루만진 다음 젖은 날개를 맞잡고 일시에 둥지로 돌아갑니다 몇몇 새들은 여전히 저 하늘에서 빙빙 돌고 있습니다 안타깝습니다 오늘 새들은 나의 위대한 스승이었습니다 나는 나를 기다리고 있는 사랑하는 가족과 따스한 집이 있음을 잠깐이나마 훅 잊고 있었던 것이지요 한국에도 폭우가 쏟아지고 있다지요 아마 내 아내도 지금 저 새들처럼 빗속에서 나를 기다리고 있으리라 멀고 먼 코코스 섬 동태평양 한가운데서 슬그머니 두 손을 모을 수밖에요 조용히 눈물을 뿌릴 수밖에요 뱃전에 몸을 기울입니다

# 내가 가장 귀하게 여기는 일

　내 서재 한쪽 벽에는 내 아이들 어릴 적 사진이 오밀조밀 한가득 붙어 있습니다 잼잼잼 젖먹이 아장아장 해맑은 철부지 어느덧 훌쩍 커버린 나도 모를 천사님들 열린 창으로 바람이 불어오면 떨림떨림 내 마음도 사시나무 오마조마 조마조마 지켜보다 지켜보다 떨어질 듯 흔들리면 양면테잎 곱게 붙여 손수건으로 꾸욱꾹 괜찮아 괜찬타 꼭꼭 붙들고 날아가지만 말아라 바람은 언젠가는 아름다운 추억

# 브이아이피 증후군

잘 좀 봐 주세요 명함을 내밀며 어느 자리에 있고 누구랑 친하며 이러지들 좀 마세요 푸른 지붕 근처에 마취하러 갔더니 눈 감고도 집어넣던 주사바늘 비껴나고 기관 삽관 한 번에 되지가 않더이다 부탁 받고 수술한 환자 결과들이 좋지 않아 힘들어 울부짖던 선배후배들 보았으니 의사를 선택하였으면 담담히 믿고 따르고 차라리 하늘에 빌며 부탁함이 어떠실까 환자를 환자로만 보아야 의식하지 아니하고 손 떨지 아니하며 오직 전심전력 예리한 판단 빠른 결정할 수 있지 않겠느뇨 스님이 제 머리 못 깎듯 의사들도 자기 몸과 가족 병 고치기 힘드오니 환자님들 괜한 걱정 꼬옥 붙들어 매시고 원칙과 최선은 의사의 본능임 알아주심 감사감사 빨리 완쾌하소서

# 김세영

2007년 『미네르바』 시 등단
시전문지 『포에트리 슬램』 편집인
시집 『하늘거미집』 등, 서정시선집 『버드나무의 눈빛』
디카시집 『눈과 심장』
시산맥시회 고문
제9회 미네르바 문학상
제14회 한국문협 작가상

# 시인의 말

  기철학에서의 기본적인 단위인 기氣는 현대 물리학에서의 쿼크quark에 해당한다. 이 기에 리理가 내재되어 있듯이 물질의 우주 세계에는 영성 우주세계가 내재되어 있다고 믿는다. 이 힘 즉 이 마음理이, 우주의 섭리라고 흔히 표현하는 우주의 현상에 내재하는 창의적인 원리이며, 우주의 정신 즉 우주의 혼이라고 부를 수 있을 것이다. 이 리가 양자물리학적 개념인 영성 모나드이다. 이러한 우주의 리와 영혼을 인식하고, 우주의 내밀한 섭리의 이야기를 표현한 시가 바로 우주 영성시이다.

# 기파氣波의 강

별들의 검은 무덤 너머
화이트홀*에서 발원한
영성靈性의 강이다

수면 위로 눈부시게 춤추는 기파들
수면 아래로 도도하게 흐르는 기파들
우주를 건너가는 혼의 은하이다

재탄생한 기파덩이들이
다도해의 섬처럼 떠다니는
빛의 강에는 나선의 파동들이
오로라로 피어오른다

해초처럼 일렁이는 기파의 무리들이
수십 억 년 시공 속에서 운집한
거대한 기류의 파고波高를 이룬다

주파수 공명에 따라 이합집산하듯
인연의 매듭이 다시 얽히고 풀리듯
혼령의 백학들이 군무를 춘다

새롭게 거듭난 혼별들이

율려의 음표를 되짚으며
우주의 영성 바다로 흘러간다

지난 생의 강들을 건너오며
부르던 상여의 가락을
환청으로 되새기며 유영한다

부드러운 물성物性과 아릿한 정감,
눈부신 색광色光의 신기루…
아득한 기억들을 잊지 못하여
끝없는 양자도약**의 환생을 꿈꾼다.


* 블랙홀과 대척관계에 있으며 우주의 에너지 방출을 하는 이론적 가
  상의 특이점
** 量子跳躍, 영성 파동의, 양자역학적으로 시공간을 초월한 비국소
   적 운동성

# 기화氣化가 되다


칠십 년 이상 공기를 마시고 살은 탓에
육신이 풍선처럼 부풀어
팔할이, 공기로 되어 있다

마른 황태처럼
피부 껍질이 투명해지고
근육이 육포처럼 얇아진다
바람 든 무처럼
뼈에 구멍이 숭숭 뚫리고 있다

피복이 벗겨진 노후된 전선처럼
신경초가 벗겨진 감각신경이
외부 자극에 민감해진다
가벼운 터치나 스킨십에도
찌릿찌릿하게 정전기 스파크가 생긴다

감성지수가 높아져서
칠순이 지난 나이에도 때아닌 사춘기이다
세상 욕심을 내려놓으니 영육이 가벼워진다
만화방창 춘몽과 월하독작 몽상에 취해 산다
취중의 넋두리로 음유시인 행세를 한다

\>

육신이, 믹서기로 갈은 듯 미세입자가 되고 있다
정신이, 오르가슴의 신열에 기파로 증류되고 있다
살점이 드라이아이스처럼
기체로 서서히 승화되고 있다

틀에서 벗어난 기파의 양자도약\*으로
어느 때 어디에나 직방 닿을 수 있다

영성 자유, 날마다
기화가 되어가고 있다.


\* 양자역학적으로 시공간을 초월한 영성 파동의 비국소적 운동성

## 안단테 칸타빌레*

초승달로 돋아나서
잠자는 호수의 등을 밟고 가듯이
수초의 달그림자를 딛고 갈 거야

긴 여름 여문 해바라기 씨알
한 톨 한 톨, 들길에 뿌려놓고
깨금발로 되새기며 걸어갈 거야

동백이나 목련처럼
부푼 가슴살, 단칼에 도려내지 않고

달맞이꽃 봉오리, 차오르고 이울어지듯이
한 달에 한 잎, 백 년을 걸려서 떨어질 거야

달빛에 삭은 벼랑의 소나무,
천궁처럼 등뼈 휘어지게 하듯

밤마다 별리의 가슴앓이로
촛불처럼 조금씩, 사위어져 갈 거야

정선아리랑 실은 동강의 거룻배,
첼로 활의 안단테 보폭으로

달빛 잠방이며, 강을 건너갈 거야

그믐달 실눈, 한 올만 남을 때까지
한 겹 한 겹. 천천히 야위어 가듯이

극락강 건너가는 솜털 구름처럼
노을의 바람에 실려, 안단테 아니.
레퀴엠의 아다지오 보폭으로
되돌아보며, 뒷걸음으로 떠나갈 거야.


* "천천히 노래하듯이"라는 음악용어이며, 러시아의 작곡가 차이코프
  스키의 『현악4중주곡 제1번 D 장조』(작품번호 11)의 제2악장이기도
  하다

**송명숙**

.

.

.

2019년 『시와 세계』로 등단
시집 『투명한 진료실』

# 시인의 말

2022년 4월 오후 3시
춘곤증은 눈꺼풀에 묻는다
코로나 시계는 오후 3시를 지났겠지??
PCR 음성확인서를 기다리며
이륙을 준비하는 코로나

# 덧 쌓인 것 들

연두빛 은행나무아래 한 사나이가
생수박스를 하나 둘 쌓는다
쌓은 생수 위로 8동 1002호

택배도, 502호 김치도 올리고
무너지지 않게 그는 무게중심을 본다

무게를 짊어진다 자신을 지탱하는

아린 맛을 지닌 택배트럭인 양
'10월의 어느 멋진 날'이 그리는
설익은 가을이

택배 사나이의 서툰 이동을 계단이
끌고 온다 덧 쌓인 나를

## 라떼

나 때는 '라떼'가 따라가고
위가 들이키는 라떼는 때를 거른
희석한 우유고, 나 때는 다크브라운인

아이스로 비인두를 달래고 지나가는
라떼로 저물어 가는 여름은
눈꺼풀에 발리우고
짙어진 브라운은
데워진 햇살이 위로하고

나 때는 꼰대를 밀고, 너 때가
만든 AI는 라떼를 마시고

코로나를 위로하는
스타벅스 라떼는

마스크를 가린 '나 때는 말이야'

# B C G


뽀얀 솜털이 세운
9개 발자국은 흔적이 없습니다
출생 신고 후
첫나들이가 울음 끝으로
남은 김지호

맘의 결막이 어깨를 관통하는
바늘 자욱에 붉어진
안쓰러운 BCG
결핵 왕국의 18개 방패로
출생을 신고하는
바실루스*

칼메트와 게링**이 불러낸
면역세포는 농양이 됩니다
신고식을 마친 접종 서열 2호
BCG는 상흔을 기다립니다


* 결핵균 간균
** 결핵 예방 백신을 만든 의학자

# 박언휘

한국노화방지연구소이사장
제8회 국민 추천 대통령 포상
자랑스런 대구시민상 대상
자랑스런 경북대인상
자랑스런 울릉 군민상
항일 민족시인 이상화 기념사업회 이사장
대구 박언휘 종합내과원장

## 시인의 말

꽃을 피우려 애쓰는 목련이,
하얀쌀밥같은 이팝나무가
아름답다고만 느껴지지 않는 것은
헐떡이던 코로나 환자의 숨소리 때문만은
아닌 것 같다.
내 마음 속에는 아직도 끝내 보내지 못한 그리운 얼굴들이
꿈틀거리며, 손을 휘젓고 있다

# 이름을 부르면

문득 옹알이처럼 중얼거리는 이름이 있다
비오는 날이 아니더라도
때로 가슴에 젖어드는 이름이 있다
가문비나무처럼 굳건하다가도
은사시 나무처럼 바르르 떨며
아무도 몰래 부르면
눈시울에 걸리는 이름,
어느 새 통유리 너머에서 슬며시 나타났다
그림자처럼 사라지는 사람이 있다
아니다
그림자는 사라지지 않는다
왼쪽으로 사라지면 오른쪽에 나타나고
다시 배후에서 따라온다.
세월이 긋고 간 주름 깊은 얼굴일지라도
허름한 지갑 한 쪽에 숨겨진 사진처럼
가끔은 꺼내 볼 수 있는
거울같은 이름들
문득 부르면
긴 갈기를 세우고 안겨오는 이가 있다

## 물의 노래

물이고 싶어
흐르는 물이고 싶어
흘러 너에게로 가고 싶어
너의 옷이 아닌 너의 손이 아닌,
너의 발이 아닌
너의 뿌리를 적시고 싶어
나 아닌 너를 피우고 싶어
나를 버리고
나를 숨기고
나를 지워서
너의 꽃으로 너의 잎으로
너의 열매를 익히는
물이고 싶어
오늘도 끊임없이 흘러가고 있다

## 파도


외로울 때
외롭다고 말하는 대신에
너를 만나는 대신에
바다에 간다
바다에 가면
파도가 밀려왔다 밀려간다
우우우우
밀려오는 파도
그 무엇인가를 향하여 달려오는 듯하다가
순식간에 밀려간다
그 무엇인가를 남기고 가는 듯하면서
모래알 하나 적시지 못한 채
우우우우
밀려가는 파도,
나,
너에게 밀려갔다 홀로 무너지는 파도였다

# 김경수

1993년 『현대시』로 등단
시집 『편지와 물고기』, 『달리의 추억』, 『목숨보다 소중한 사랑』,
　　　『산 속 찻집 카페에 안개가 산다』, 『다른 시각에서 보다』 등
문학·문예사조 이론서 『알기 쉬운 문예사조와 현대시』
계간 『시와사상』 발행인
부산 김경수내과의원 원장

## 시인의 말

  현대시의 주요 특징 중의 하나가 시는 독자가 스스로 해석하도록 한다는 점이다.

  「별이 있는 창문」에서는 창문을 통해 보이는 별을 대상으로 상상을 해보고 "문자가 지느러미처럼 파닥인다"라고 포스트모던하게 표현했고 「기차역」에서는 지금은 사라진 기차들과 그 당시의 상황들을 추억하며 상상을 더해 표현해 보았으며 「위험한 사랑」에서는 너무 깊이 사랑하다가 헤어지는 사랑에서의 그 잔인한 아픔을 표현해 보았다.

# 별이 있는 창문

밤이 되자 하늘에 걸려있던 별들이 날아와 창문을 두드린다.

창문을 통해서 자유를 본 사람이 있었고

창문을 통해 즐거운 상상을 한 사람도 있었다.

창문을 통해 흐르는 시간의 물결을 본 사람도 있었고

창문을 백지로 보고 그림을 그리는 사람도 있었다.

우리는 흐르는 자이기도 하고 서있는 자이기도 하다.

물결을 거슬러 올라오는 연어 떼가 보인다.

노을이 번지는 화선지였다가

물고기 떼가 퍼덕이는 강이었다가

햇살의 창을 막는 방패이기도 하다가

창문이 노래를 하고 문자는 지느러미처럼 파닥인다.

별빛이 고요히 내리자 폐허 속에서 문장들이 일어나 걸어간다.

나를 보기도 하고 남을 보기도 하는 투명한 물고기의 눈이다.

푸른 종소리가 내 입술에 와닿는다.

아는 사람이 창문 앞으로 지나가고

세상의 안부도 묻고 웃으며 작별한다.

세상에는 강한 바람이 불어 나무를 넘어뜨리고

검은 구름 뒤에 숨은 해가 얼굴을 내밀기를 기다린다.

젊은이들은 세상의 미래이고 꿈인데

세상은 젊은이들에게 희망을 주고 있는가?
집집마다 헛된 이데올로기 신의 액자를 걸어놓고
숭배하는 척하는구나.
창문 넘어 흰 목련 꽃이 보이고
도로 위에는 위로받고 싶어 하는 목련 꽃잎들이
너무 많이 누워있다.

# 기차역

환상으로 지어진 꽃집입니다.

사랑하는 사람에게 꽃다발을 배달하기 원하면 주문하세요.

꽃들이 날개를 흔들며 긴 목을 내미는 고향 가는 길에

정확한 날짜에 보내드리지요.

당신은 말이 없이 이어폰을 끼고

옛날의 기차 소리를 음악으로 듣고 있군요.

바람이 불면 철로鐵路 옆에 일렬로 선 온갖 꽃들이 귀를 쫑긋 세우지요.

플랫폼 철로 옆에는 한평생을 매일처럼 수기신호手旗信號를 보내던

일본 영화「철도원鐵道員」의 늙은 역장驛長이 서있고

역 안에는 기차가 서면 사람들이 급히 달려가던 우동집이 서있지요.

당신은 무슨 생각을 하나요?

서울발 부산행 무궁화호 마지막 밤기차인 침대차 침대에 누우면

꽃으로 지어진 환상이란 문자가 함께 누워

덜컹거리는 기차 바퀴 소리에 자다가 함께 깨기도 하지요.

시작이 있으면 끝이 있는 것을 증명하는

부산발 서울행 새마을호 새벽 첫 기차를 타고 서울역에 내리는

이른 새벽에는 사람들은 역내 목욕탕에서 짧은 잠을 자지요.

결국 끝은 새로운 시작의 길로 이어져 있더군요.

님을 향해 달려가는 꽃향기는 북소리인가요?

침묵은 산자들의 그림자인가요?

침묵이 역驛에게 묻습니다.

당신의 이름은 무엇인가요.

환상이라는 이름으로 지어진 바다이며 항구인가요?

언제나처럼 매일 꿈을 실어 보내는 당신에게 인사하고 싶
습니다.

# 위험한 사랑

깊은 그리움은 꽃을 여인으로 변화시켰다.
너무 깊이 사랑하는 것은
날 선 칼을 앞에 두고 서는 위험한 도박이다.
마음을 잃고 떨어지는 꽃잎이 파란색으로 바뀌다가
붉은색으로 바뀌다가 하얀색으로 바뀐다.
처절한 사랑 이야기가 태어나고
성장하다가 이슬처럼 사라진다.
꽃잎이 공중에 잠시 떠 있다가
허공 속으로 몸을 집어넣는다.
위험한 사랑에게 전화를 한다.
난데요. 누구세요.
전혀 모르는 음성이 튀어나온다.
위험한 사랑이 아니신가요?
아니요. 나는 선량한 문법입니다.
미운 사랑은 당신 앞에 꽃으로 서 있지 않나요?
지금은 시대가 바뀌어 꽃은 사람이 될 수 없고
종교적 세계와 생물학적 세계와 과학의 세계는 불연속적
이지요.
나는 월요일을 버리고 화요일을 지나가는 시간입니다.
지금 그리운 것은 사랑하고 싶은 사람과의 관계이지요.
돌아서면 세면대의 거울에 낡은 북소리가 비친다.
그 사랑의 향기에도 기분이 있었다.

붉은빛을 띄기도 하고 하얀빛을 띄기도 했다.

손바닥 위에서 그 사랑이 부르던 노래가 잉어처럼 퍼덕인다.

사랑은 있었지만 없고 그리움은 버릴수록 뜨거워진다.

**권주원**

2016년 『시와 정신』으로 등단
2020년 시집 『빨간 우체통』, 수필집 『노성산 무지개』
현재 논산 권내과원장
'필내음' 동인

## 시인의 말


한 번도 경험하지 못한 날들이
현재진행형이다. 이 불투명하고
불확실성의 시대가 어찌 될 것인가
마스크 쓴 눈으론 표정을 알 수 없어…….

# 4차원, 코로나 사태


지구별 한반도 달구벌에
우리는 신천지 찾아왔건만
황량한 거리, 찬 바람이 맞아준다

철시된 상점 사이
휴업, 폐문된 건물들 지나
어느 전쟁터, 음압병동으로 안내된다

4차혁명, 인터넷 시대에
사람 사이 자꾸 멀어져가니
숨은 비루스가 인간세포를 숙주 삼는다

코로나 경증 환자는 갇혀 답답하지만
열, 혈압, 호흡수 등 바이탈 체크하며
약 배분이 전부, 진료는 단순 명료하건만

우주복 무장한 의료인들
1시간에도 기진맥진 땀벅벅
진짜 중환자되어 가는데

새로운 환자가 또 입원오면
내 부주의로 내가 감염원이 될까봐

돌 틈에 갓 나온 바람꽃같이
봄바람에 바르르 떨며 웃는다

# 고도리판 세상

세계 유일의 분단국, 남북한
통일기원 70주년 맞이했는데
풍산개 한 마리 가운데 놓고
독수리, 호랑이, 팬더곰 셋이
고스톱 한 판을 벌였다

팬더가 샤드배치 보복 내밀자
독수리는 무역전쟁으로 맞서고
조선호랑이는 아무 말도 못하다가
정은이와 맞고 2차례 쳐댔지만
트럼프는 포커게임으로 바꿔버리고
풍산개 오히려 금강산 물고 협박하네

벌써 쇼단을 쳐야 했건만
호랑이가 고양이로 변했으니
원숭이 껴들어 삼팔광을 팔고
불곰은 비행하여 똥광을 떨구네

시방 고도리패 잡았다 착각말고
피같은 백성들 눈물을 보라
민생을 잘 돌보고 챙겨서
3점이라도 먼저 낳길 기도드리네

# 미세먼지 나라

"이게 나라냐"라며
온 천지에
먼지들 아우성친다

핵보다 더 무서운
4대강보다 더 심각한
전염병처럼 도시에 창궐한다

인구절벽 시대에
아이들 유치원 못가고
밖에서 뛰놀지도 못한다

숨 막히는데
KF94 마스크 쓰라니
더 숨막혀 죽을 것같다

하기야
인생이 먼지인 것을
진작에 알려주셨건만
나랏님들 지금 뭐하시나

**최예환**

제29회 신라문학대상 시조부문 대상
2018 『월간문학』 등단
2018 『좋은시조』 신인작품상
시집 『혀』 발간

## 시인의 말

오랫동안 펜을 놓아두어 많이 궁하다. 오래전 쓴 글들을 뒤적여 본다.

그래도 좋은 핑계거리가 하나 생겼다.

코로나가 고맙다.

여행 중 아침식사를 위해 편의점을 들렀는데 참치김밥이 참지 말라며 유혹했다.

말을 가려 해야 하는데 생각 없이 던지는 말이 상대방을 살리기도, 죽이기도 하니 조심하며 살아야겠다.

어머니, 사랑합니다.

# 참치마요

오늘 아침 식사는요 삼각김밥 참치마요
참지 마요 당기는 말 괜히 손이 가네요
어젯밤 있었던 일은 마음에 담지 마요

심각하게 받지 마요 그러다 더 꼬여요
삼각으로 묶었으니 한 팀으로 달려요
달리면 달리는 대로 딸리면 딸리는 대로

줄 하나 당겼더니 홍해가 갈라져요
베일에 가려있던 속살이 드러나요
어느새 군침 도네요 덥석 물길 참지 마요

한 입 덥석 물었더니 아사삭 무너져요
한 번이 힘들지 그후로는 터진 봇물
입 쓰윽, 닦고 났는데 그새 생각나네요

# 말

매일 우리 건네는 말에는 날이 있어
말에 베기도 하고
말로 요리도 하지

무심코
내뱉은 말로
피 흘릴까
배부를까

매일 우리 던지는 말에는 맛이 있어
죽을 맛이거나
살리는 맛이거나

오늘도
내 쏟은 말에
죽었을까
살았을까

# 봄날

고향집 뜨락에는
봄꽃이 한창인데

어머니 가슴에는
언제 봄날 잊었나

멍하니 놓으신 넋을
허공에 매 두시네

# 김승기

경기 화성 산, 정신건강의학과 전문의(의학박사)
2003년 『리토피아』로 등단
시집 『어떤 우울감의 정체』, 『세상은 내게 꼭 한 모금씩 모자란다』,
    『역驛』, 『여자는 존재하지 않는다』
산문집 『어른들의 사춘기』, 『우울하면 좀 어때』

## 시인의 말

〈나의 시가 서 있는 곳〉

시를 안 쓰면 못 배기던 시절이 있었다. 밤 새워 써야했고 무수히 유산되던 언어, 상념들! 끝없이 밀려오던 그것들이 지금은 다 어디가고 조용하다. 요새는 어쩌다 떠오른 시상도 시들해서 잊어져 간다. 무엇이 그렇게 나를 얽매이게 했고, 지금의 내 이 게으른 태도는 또 무엇인가? 그렇게 확고해보이던 물상들은 그저 그렇고 영원하지도 않다. 어떤 조건에 의해 결정되어진 것일 뿐이다. 불교에선 이를 '법法'이라 한다. 예전의 나는, 아니 세상은 지워져가고 있고, 백지가 되어가고 있다. 그 위에 새로운 언어가 올까?

# 봄밤

외딴집 영산홍
혼자 붉어가는 밤
홀로 깨어 뒤척이던 사내
옆으로 손을 뻗겠다
신음소리 몇 점
꽃잎으로 떨어지고
밤새 달뜨던 여인
아침밥을 짓겠다
문을 나서는 사내의
뜻 모를 씩씩함
그렇게 겨우 봄인데
뒷산 꿩은 어쩌자고
죽살이치게 우는가
외딴집 영산홍
혼자 붉어가는 밤
오늘도 그 사내
또 뒤척이겠다

# 흘레

산책 중 보리*가 사라졌다
한참을 혼자 있던 보연*이
외로웠나보다

몸으로 하나임을 확인하며
반대쪽을 향한 눈빛
추녀 밑에 비를 긋는다

사랑은 저렇게
가장 부드럽고 은밀한 곳에
스민다

우리가 숭배해야 할 것은
사랑이 아니라
외로움이다

* 보리, 보연: 우리 집에 있는 보도콜리 종류의 개 이름.

## 상념想念 혹은 불안

유리 상자 안을 들여다본다

생각 하나 지나간다
생각 둘 지나간다
생각 셋 지나간다

생각 하나 한참 가다 되돌아온다
생각 둘 돌아왔다 다시 간다
생각 셋 달려왔다 달려가고 또 달려가고 달려온다

유리 상자를 쾅 친다
잠깐 조용하다

나는 그저 바라볼 뿐이다

**김연종**

2004년 『문학과 경계』 등단.
시집 『극락강역』, 『히스테리증 히포크라테스』, 『청진기 가라사대』,
산문집 『닥터 K를 위한 변주』
제3회 의사문학상 수상
2018년 아르코문학창작기금 수혜

## 시인의 말


 生이여, 나를 깨우지 마라. 실컷 늦잠 자고 온종일 빈둥거리다가 비단각시거미의 근사한 기둥서방이 되어 나무늘보처럼 잠들고 싶다.
 내게 필요한 건 그물침대와 시집 한 권뿐.

# 마이 리틀 장례식

어색한 미소를 짓고 있는
저 프사가
마지막 대문을 지키고 있구나
한여름에 국화가 만발하다니
대단한 축제로구나
일렬로 늘어선 조화 속에
아는 이름은 보이지 않는구나
내 얼굴은 본체만체하고
상주들하고만 인사하는 걸 보니
나만 빼고 모두 호상이구나
간소하게 치루라는 말은 언제 들었는지
마지막 효도는 제대로 하고 있구나
웃음꽃이 흥건한데
간혹 눈물 훔치는 자도 있구나
방명록 구석에 덩그러니 놓여있는
저 인간은
어떻게 부음을 접했을까
줄기차게 나를 험담하던 저 작자는
무엇을 또 캐내어 인터넷에 퍼뜨리려는 걸까
내 비밀과 허물까지 모조리 알고 있는 저놈을
어떡하든 쫓아내야 할 텐데
아니, 구석에서 혼자 훌쩍이다가

아내에게 귓속말을 하고 있는 저 여자
여기가 어디라고 발걸음했을까
아직도 감정의 물기가 남아 있을까
아니면 감정의 앙금이라도?
죽어서도 죽지 못한 근심거리가
여기까지 따라오다니
디지털 장례사를 불러
영정사진을 다시 찍을까

# 뒤집힌 팬티

뒤집힌 팬티를 본
아내의 눈이 뒤집혔다
황당하게 뒤집힌 스케줄로
이른 아침 퇴근하던 참이었다
핸드폰과 가방이 뒤집어지고
옥신각신 서로를 뒤집으며 살펴보니
팬티만 입고 어슬렁거리는
아들놈의 팬티 또한 뒤집혀 있다
이윽고 서랍장이 뒤집히고
서랍 속에 가지런히 정돈된 팬티들
모두가 뒤집혀 있는 사실을 알고 나서야
뒤집힌 아내와 나는 다시 서로를 뒤집었다
속과 겉이 애매한 팬티들도
한참을 내외하고 나서야 본 모습으로 뒤집어졌다
안과 밖의 모호함이여
사랑과 불륜의 아슬아슬함이여
아무리 뒤집으려고 해도 뒤집어지지 않는

# 차명계좌

동네 은행에 들렀다
대출 연장을 위해서는
본인 동의를 안 할 수도 없는 노릇이었다
동행한 아내가
휴면계좌에 대해 문의했다
숨겨논 애인처럼 가슴 한쪽이 뜨끔했다
사랑니 같은 집으로 돌아오는 길
담장 밖으로 고개 내민 백목련이
나에게만 환하게 벙글었다
그렇구나
저 목련이
내가 개설해 놓은
차명계좌구나
비자금처럼 펑펑 터지는
봄날의 차명계좌들이
나를 이렇게 부유浮遊하게 만들었구나

**주영만**

1991년 『문학사상』 신인상으로 등단
시집 『노랑나비, 베란다 창틀에 앉다』, 『물토란이 자라는 동안』

## 시인의 말

　오늘도 아침이면 동쪽에서 해가 떠서 서쪽으로 간다 그
하루는 아침에 집을 나서서 세상 속으로 군중 속으로 간다
봄 여름 가을 겨울을 간다 도무지 혼자 가는 길이다

# 봄비의 은유

봄비가 왔네 가만가만 그냥 왔네 바람도 없네

날마다의 하루가 열리고 닫히는 것처럼, 스쳐 지나가고
지나가는 것처럼, 오늘의 연기緣起처럼,

세거나 약하지도 않게 내가 걸어가는 속도만큼

아가들의 옹알이만큼

공휴일의 오전 열한 시에서 정오로 넘어가는 시간만큼

슬픔이 잔잔하고 얇게 펴져 흐려지고 흐려져서 다시 슬픔
의 싹을 틔울 만큼

그만큼의 여지餘地를 두고,

지저귀는 새소리와 점점 푸르르는 나뭇잎들은 맺힌 물방
울처럼 말갛게 맑고 투명해지고 받쳐 들고 가는 나의 우산
도 씻은 듯 가벼워졌네 나는 조금 젖었었네

# 잎이 진 빈 가지처럼

사진 찍힐 때마다 나는 외나무다리를 건넌다

기우뚱 외나무다리 아래 시냇물 위에 비친 제 모습을 들여다보며 그 얼굴은 이미 굳어있었다

머리끝에서 발끝까지의 온몸이 쭈뼛 곤두서고 몸속의 뼈들은 제각기 제멋대로 튕겨져 나가려고 맹렬하게 발버둥치고 있었다

'이렇게 박제되는 것은 싫어!'

그렇게 혼자만 먼 달나라에 머물러 있다가,

카메라 셔터가 터지는 그 짧은 순간의 빈틈에 첫사랑의 입맞춤 같은 노자의 도가도道可道를 생각했다

그리고 사진을 다 찍고 그 자세를 풀고 나니,

이내 도불가도道不可道라고 마음을 다시 고쳐먹었다

# 아무 까닭도 없이

또 하루를 묶어 보았다

산길에 들어 울퉁불퉁하게 몸을 맡기다

겨울이더라

빈 나뭇가지에서 부는 겨울바람과 눈인사를 하고 차갑게 악수를 하다

쓸쓸해진 햇볕을 손바닥 위에 모아놓기도 하고 아직도 서로 낯가림하는 겨울바람과 한동안 얼굴을 부비면서 어색하고 평범하게 어울리다

겨울은 맑고 푸르게 하늘 높이 올라가더라

겨울은 점점 더 깊고 깊게 겨울 속으로 흘러가더라

저물 무렵에는 빈 들판에 서서 긴 그림자와 잔설殘雪과 그 밑에 숨죽이고 있는 풀씨들과 함께 아무 까닭도 없이 그 하루를 푸르고 깊은 그리움처럼 흐린 너의 얼굴처럼 묶어 보았다

## 서  화

본명 서종호, 2015 『신문예』 시 등단
아태문인협회 이사 역임
현 왕내과의원 건강검진센터 진료원장

## 시인의 말

생전에 보아왔던 당신들의 미소
살아서 바라보던 그대들의 눈매
아, 지금은 가고 없는데
나만 혼자 이렇게 오월 속에 있습니다

보고싶습니다

# 모세의 기도
### — 시편 90편


님의 모든 곳이 나의 거처가 되었고
그것은 영원부터 영원까지

하나님 앞에서는
천년이 어제 같으며
밤의 한 순간이다

모든 죄를 빛나는 얼굴에 두시니
들풀과 꽃이 사라지 듯
모든 날이 순식간에 다할 것이네

우리가 오래 살아간 들
그 세월은 고통과 슬픔 뿐
이 또한 날아가 듯 지나가리라

꽃과 들풀같은 삶에
하나님께서 지혜를 주시고
견고함을 주셨으니

은총 속에서 나는
꽃이 되었다 마르리라
나는 날아가리라

# 첫 경험

낯선 장미가
심장에 똬리를 틀었다
언제부터 내 몸을 껴안았을까
고열로 달아오른 몸을 뒤척인다

스토커처럼
끈질기게 오감을 탐하고
신열에 젖은 살은 용광로처럼 뜨거워
악의 꽃, 격렬한 보들레르!
나는 먼 땅의 작가를 보았네
고통 속의 시인詩人을 보았네

파고드는 관능과 음탕의 문장, 절정의 언어로
기교와 본능을 다해 검은 비너스가 되었지
붉은 열꽃을 사체처럼 쏟아내고
꿈을 꾼 듯 은밀하게 녹아버린 근육들은
무고한 어둠이 되어 누워있다

영혼을 덮치 듯
오, 미크론!
나의 첫 경험!
지독한 인연이었다고, 다시 돌아올 인연은 아니라고

# 사망진단서

변이 바이러스는 이미 뇌 속 깊이
베르니케* 영역을 차지하였다
언어의 그루터기가 하얗게 변하고 있었다

모니터의 메신저가 황급히 말을 건다
혈압 50/30, 청색증이 있습니다
산소포화도가 급격히 떨어졌어요
어눌하지만 다급한 말들이 깜박깜박

안경 고쳐쓰고 잿빛 모습의 그대 바라보며
응급구호를 보낸다
아쉬움과 수고로움이 눈가에 들러붙는다
끝도 모를 고독 속에서 도파민**은
침묵으로 일관하고
얼룩진 매트리스 커버는 흐느끼는 언어와
그 소멸이 되었다

환영幻影은 해마海馬 속에 각인되고
일기같은 사망진단서 안에 '폐렴'을 넣는다
또 하나의 언어, 선행사인先行死因 COVID 19!
키보드를 움켜쥔 손, 생명을 베는 소리
슬픈 말들이 먼 곳으로 나를 데려다 줄 것이다

가운을 벗기도 전에 장례식은 끝난 것인가
극락조極樂鳥의 언어를 두손에 담는다
눈을 감았다 뜬다
감싸 쥔 손가락을 펼치면
하데스, 내 바스라진 동공에 박힌다


* 언어정보의 해석을 담당하는 뇌의 영역
** 도파민염산염 주사, 혈압저하 등 쇼크상태에 투여한다

**조광현**

2006년 『미네르바』 시 등단
2006년 『에세이스트』 수필등단
시집 『때론 너무 낯설다』, 수필집 『제1수술실』 등
현, 온천사랑의요양병원 병원장, 인제의대 명예교수(흉부외과)

## 시인의 말

코로나19에 찌든 세월에도
또 하나의 봄이 와서 벚꽃은 피고 진다.
모든 것은 지나가리라. 환난 중에 소망이다.
요양병원 중환자실에서 청진기를 잃어버린 날,
문득 그리운 것을 그리워한다.
이 또한 지나가리라.

## 또 하나의 봄

날씨 좋은 토요일 오후
온천천 산책길을 4킬로쯤 걸어가다
반환점을 찍고 돌아오는 길
참 오랫동안 함께 한 여인을 만나
보조를 맞춰 집으로 가는 길
벚꽃이 만발했다

코로나19에 푹 젖어 있는 2022년
마스크를 걸친 사람들에게도
또 하나의 아름다운 봄이다
지난 가을
생의 마지막 수업을 하던 이어령 선생이
돌아오는 봄이면 나는 없어, 하던 그 봄
어쩜 쓸쓸한 이 봄을
몇 번이나 더 볼 수 있을지

살다 보니 까맣게 잊어버렸지만
살아간다는 것은 기실 본향本鄕으로 가는 길
오늘 문득 메멘토 모리와
본향을 향하여
강을 거슬러 올라가는 연어의 역동적인 움직임과
물결에 흔들리는 뭇 수초의 자세를 생각한다.

## 혼수昏睡

하나의 우주가 깨어지는 날
돌연 수증기같이 가벼워진 몸
허공을 차고 구름 위로 올랐다
금방 깰 것 같은 꿈
그러나 깰 수 없는 꿈속으로

그대의 목쉰 기도가 절개되고
굽은 관이 꽂히고
푸푸 숨을 쉬는 인공호흡기

무슨 일이 있었나
굳게 닫힌 해마海馬의 자물쇠를 열어보자
못다 쓴 일기장을 펴 보자
그대는 필경 한 권의 책이었음을

사람들은 저마다 생각한다
어둠 저편의 세상을
눈물을 흘리며
경계에 선 그대를 그리워한다

그대 부디 몸부림으로 깨어나라
아니면 꼼짝달싹 못하는 감옥

차라리 피멍 든 육체를 벗어나라

하면 무구한 그대의 영혼이
인공호흡기에 매달린 혼수昏睡의 실체를
드디어 보리라.

# 잃어버린 청진기

회진 마치고 진료실에서
청진기를 찾는다
어디에 두고 왔나 보다
나이 들어 가끔 있는 일
누가 찾아 주겠지

한나절 기다려도 소식이 없다

오래전 제자 H가 선물한 것
그 젊은 의사는 이미 중년인데
어딘가 훌쩍 떠나 버리고
그를 기억하는 물증만 남겼다

온 병동을 뒤지며 청진기를 찾는다

날은 이미 저물어
그저 무심한 당직 간호사가 말한다
새로 하나 장만하세요 선생님
오래된 물건이던데

오래된 것이라고 다 버릴 수 있나
도무지 마음이 떠나지 않는데

&gt;
왠지 쓸쓸한 하루
먼 망각의 장痺을 헤치며
지난날을 소환하고 싶은 것이다
누군들 그날이 그립지 아니하리
누군들 청춘의 날이 그립지 아니하리.

**박권수**

2010년 계간 『시현실』 신인상 등단
시집 『엉겅퀴마을』(2016), 『적당하다는 말 그만큼의 거리』(2020)
현재 나라정신과 원장

## 시인의 말


벗꽃 지는 날,

괜찮아

저렇게 날리는 건 다 근심이야

# 함께 하는 이유

어느 산 중턱, 둥지 떨어진 작은 새 한 마리를 보고 그가 허둥거린다. 그냥 발길 적은 곳으로 밀어주면 될 터인데 분주하게 새 주위를 돌면서 입으로 호호 불다가 안쪽으로 들어가라고 손발 짓을 하다가 사람 손 냄새 배지 말라고 등산용 컵으로 밀쳐보기도 하다가 어딘가 어미 새 있을지 모른다고 한참을 주변을 돌아보기도 하다가 결국 한참을 쪼그리고 앉아 뒤뚱거리며 숲으로 기어가는 새에게 햇살을 가려주는.

# 추우면 옷 사 입고 와

엄마의 자리가 빈 지도 몇 해
매번 그렇듯
비어 간 자리마다 성큼 눈 떼지 못하고
닳아버린 소파에 가끔은 몸 웅크리고

사남매의 카톡방
셋째가 갑작스레 추운 봄날 여행을 갔다
혼자 떠난 건지 문득 떠난 건지
언제나 엄마의 관심과 걱정 한 몸으로 받던 터라
3월의 하얀 추위 잘 견디며 여행하는지
설원에 옷깃 올리고 이정표 배경으로 올린 사진에
여기저기 이모티콘 대단하다 멋지다
그 말미에
엄마 대신 한 마디
추우면 옷 사 입고 와~

누이의 한 마디가 보이지 않던 엄마를 불러냈다

# 푸른 이모티콘

누군가
살아있는지 확인해 달라고
매일 아침 카톡을 보낸다
그게 없으면 병이 나거나 무슨 문제가 생긴 거라고

문자 하나에 기대어
창을 열고 티브이를 켜고
반쪽 실내화를 신고 반쪽을 찾고
목구멍에 주르륵 하루를 삼키고
혼자만의 비밀번호로 자판을 열고

오늘도 변함없이
사진 하나 톡 하나
이거 먹었는데 어떠냐는

맛도 냄새도 없는 그것에 '참 잘했어요'
푸른 이모티콘 하나
맵고 시리게 떨어진다

정의홍

서울의대 졸
2011년 『시와시학』으로 등단
시집 『천국 아파트』, 『북한산 바위』 등
한국시인협회 회원
2014년 강릉으로 귀향, 현재 안과개원의로 일하고 있음

# 시인의 말

봄이 왔습니다. 죽어서 누렇게 말랐던 풀잎에 새 생명이 돌아오고 여기저기 산마다 봄이 불을 지릅니다. 가슴을 펴고 이 순간의 봄을 가만히 만져 보려 하나 어느새 저만치 달아난 봄은 순식간에 고개를 떨구고 바람에 날려갑니다. 안개 낀 꿈길에서만 잠시 봄을 만난 듯, 문득 둘러보니 저 멀리 한 세월이 낯선 노인의 손을 잡고 위태롭게 고개를 넘어갑니다. 다시 봄을 기다립니다.

# 꽃씨를 심으며

꽃씨를 심으며
작은 씨앗 하나의 무게를 생각해 본다
애기 손 같은 뿌리가
땅덩이를 움켜잡고
대지를 뚫고 나온 여린 떡잎 위로
해와 달과 비바람길이 생기면
봄날은 어디쯤 건너오고 있는지
그리운 이의 편지를 기다리듯
마음 밭엔 이미 꽃들이 만발인데
백일홍 물망초 사루비아 패랭이
그대들의 예쁜 이름을 불러보는 것으로도
이 땅은 얼마나 더 밝아질 것인가
꽃씨를 심으며
씨앗 하나의 간절함을 생각해 본다

# 어느 봄날

기울어진 농가 툇마루에
빈 집 같은 적막을 두르고
검게 여윈 노인 한 분이
아직은 쌀쌀한 바람 속에
담요 밖으로 얼굴만 꺼내놓고
제법 땃땃한 삼월의 햇살을
옴스라니 맞고 있다
뜰에는 꽃나무들이
여린 순을 돋우느라
용을 쓰고 있는데
이 세상 마지막 봄날에
저 세상에다 틔울 싹을 위해
노인은 열심히 햇살 쓸어 담고 있다

# 잡초

이 세상에 태어나
변변한 이름 하나 얻어 갖질 못해도
춥거나 덥거나 물 한 방울 없이도
천지에 흙 한줌만 있으면
질긴 심줄 같은 생명을 만들어
무조건 살아내는 유전자
몸 안에 새겨져 있어
오밤중 황량한 들판에 홀로 남겨져도
아침이면 이미 든든한 터를 잡고
후미진 땅 구석까지
푸릇한 생명을 퍼뜨리는 너
가장 흔하고 낮은 그러나
세상을 견뎌 이기라는
큰 외침 같은 이름
잡초, 그냥 잡초

의사시인회 주소록

**권주원 선생님**

32974  충남 논산시 계백로 1000

권내과의원


**김경수 선생님**

46302  부산광역시 금정구 부곡로 91

김경수내과의원


**김기준 선생님**

03709  서울시 서대문구 수색로 100,

301-3004


**김대곤 선생님**

54903  전북 전주시 덕진구 호성로 132,

104-906


**김세영 선생님**

06199  서울시 강남구 역삼로 406

김영철내과의원


**김승기 선생님**

36096  경북 영주시 구성로 346

김 신경정신과 의원

**김연종 선생님**

11784  경기도 의정부시 용민로 7번길 5

김연종내과의원


**김　완 선생님**

61746  광주광역시 남구 노대실로 49,

607동 702호


**김응수 선생님**

01450  서울시 도봉구 우이천로 308

한전의료재단 한전병원


**김현식 선생님**

27340  충북 충주시 번영대로 85,

두리장사랑의원


**김호준 선생님**

35228  대전광역시 서구 둔산로 15

향촌아파트 107동 302호


**나해철 선생님**

08285  서울시 구로구 구로동 가마산로 215

카페 클레오 내 나해철 원장님

**박강우 선생님**

48120 부산시 해운대구 마린시티 2로

382동 2403호


**박권수 선생님**

34177 대전시 유성구 계룡로 32-5

유덕빌딩 4층, 나라정신과의원


**박언휘 선생님**

42038 대구광역시 수성구 화랑로 50번지

(만촌동 자삼빌딩) 4층, 박언휘 종합내과


**서홍관 선생님**

10408 경기 고양시 일산동구 일산로 323

국립암센터 원장


**서화(서종호) 선생님**

22883 경기도 광명시 광명로 907 (광명빌딩 4층, 10층)

왕내과의원 건강검진센터


**송명숙 선생님**

04701 서울시 성동구 왕십리로 410

센트라스상가 L동 216호, 아이편한소아과

**송세헌 선생님**

29038  충북 옥천군 옥천읍 중앙로 17-24,
중앙의원


**신승철 선생님**

03309  서울 은평구 연서로 46길 7
1102동 506호


**유  담 선생님**

02828  서울 성북구 북악산로 844
브라운스톤아파트 115-1803


**윤태원 선생님**

58667  전남 목포시 교육로 77(상동 827-2) 3층
태원정신건강의학과의원


**이규열 선생님**

49201  부산 서구 대신공원로 26
동아대학교병원 정형외과


**이용우 선생님**

08018  서울시 양천구 목동동로 130,
1405동 1404호

**장원의 선생님**

03712  서울 서대문구 남가좌동 295-9

장안과 의원


**정의홍 선생님**

25541  강원도 강릉시 경강로 2120 씨네몰 518호

솔빛안과


**조광현 선생님**

47516  부산광역시 연제구 거제천로 269번길 30,

201동1905호


**주영만 선생님**

14307  경기도 광명시 하안로 254,

정산빌딩 201, 202호

우리내과의원


**최예환 선생님**

36239  경상북도 봉화군 봉화읍 봉화로 1157, 2층

봉화제일의원


**한경훈 선생님**

62338  광주광역시 광산구 용아로 259

하남성심병원 신경외과

**한현수 선생님**

13587  경기 성남시 분당구 분당로 263번길 39 207호

야베스가정의학과


**허　준 선생님**

46275  부산 금정구 수림로 12

SK아파트 101동 2403호


**홍지헌 선생님**

07620  서울 강서구 방화동로 37, 501호

연세이비인후과


**황　건 선생님**

22332  인천 중구 인항로 27

인하대병원 성형외과

시인은 인간의 영혼을 치료하는 사람이고, 의사는 인간의 몸을 치료하는 사람이다. 이 세상에서 가장 아름답고 행복한 사람은 육체와 영혼이 하나가 된 사람일 것이며, '한국의사시인회'(회장 홍지헌)는 가장 아름답고 이상적인 공동체라고 할 수가 있다.

한국의사시인회 제10집인 『개화산에 가는 이유』는 34명의 회원들 중, 유담, 김호준, 홍지헌, 한현수, 김기준, 김세영, 송명숙, 박언휘, 김경수, 권주원, 최예환, 김승기, 김연종, 주영만, 서화, 조광헌, 박권수, 정의홍 등, 18명의 회원들의 주옥같은 시들 54편이 '시인의 말'과 함께 실렸다. 세계적인 대유행병 코로나 시대에, 의사 시인으로서의 자아와 인간존재에 대한 성찰의 시도 있고, 존재의 쓸쓸함과 우울함에 대한 시도 있고, 현대문명을 비판하거나 서정적인 낭만을 노래한 시도 있다.

한국의사시인회 제10집인 『개화산에 가는 이유』는 만물의 공동터전인 이 지구촌을 살리고, 모두가 다같이 평화롭고 행복하게 살아가고자 하는 의사-시인, 아니, 시인-의사들의 이 세상에서 가장 아름답고 행복한 합창이라고 할 수가 있다.

의사시인회 제10집
개화산에 가는 이유

발    행  2022년 6월 12일
지 은 이  홍지헌 외
펴 낸 이  반송림
편집디자인  반송림
펴 낸 곳  도서출판 지혜
주    소  34624 대전광역시 동구 태전로 57, 2층 도서출판 지혜 (삼성동)
전    화  042-625-1140
팩    스  042-627-1140
전자우편  ejisarang@hanmail.net
애지카페  cafe.daum.net/ejiliterature

ISBN : 979-11-5728-476-4  03810
값 10,000원